KB049949

마침내 사랑이라는 말

시작시인선 0441 마침내 사랑이라는 말

1판 1쇄 펴낸날 2022년 10월 7일
지은이 박정인
펴낸이 이재무
기획위원 김춘식, 유성호, 이형권, 임지연, 홍용희
책임편집 박찬세
편집디자인 민성돈
펴낸곳 (주)천년의시작
등록번호 제301−2012−033호
등록일자 2006년 1월 10일
주소 (03132) 서울시 종로구 삼일대로32길 36 운현신화타워 502호
전화 02−723−8668
팩스 02−723−8630
블로그 blog.naver.com/poemsijak
이메일 poemsijak@hanmail.net

ⓒ박정인, 2022, printed in Seoul, Korea

ISBN 978−89−6021−667−9 04810
       978−89−6021−069−1 04810(세트)

값 10,000원

*이 책은 **GCF**김포문화재단 2022 김포예술활동 지원 사업에 선정되어 발간되었습니다.

마침내 사랑이라는 말

박정인

천년의 시작

시인의 말

모든 당신은 내게 시詩다

당신을 내 안에 들이고도
십 년을 찾아 헤맸다

당신과 말을 트자
저물녘인데
당신과 나 사이

마침내 사랑이라는 말

그 사랑을 다 깨우치지 못할까 봐
구월의 공중에도 장미가 피었다

2022년 9월
박정인

차 례

시인의 말

제1부

제1부

나의 작은 도서관

거꾸로 꽂힌 책 땀에 전 책 지나치게 얇은 책 귀퉁이가 닳은 책…… 겹줄로 꽂힌 책들이 뛰어내릴 듯 으르렁거린다 허겁지겁 삼키느라 곱씹지 못한 페이지들 처음 받아 안고 뜨겁게 뒹굴었던 날들로부터 너무 오래 방치하였다 상큼 발랄하게 등장하는 신국판들에 눈길 빼앗긴 사이, 너무 아름다워서 함께 밤을 지새웠던 옛 애인들이 다시 내게로 오겠다는 결심처럼 덮치려 한다 고막을 찢어 놓을 것 같은 저 아우성들 온몸으로 받아 내야 하는 나는 어느 경계의 이방인일까 그윽해서 달달 외웠던, 베개 밑에 묻어 두고 수시로 펼쳐 보았던, 샅샅이 훑고 밑줄 그었던 시구들아 나는 연둣빛 새 문장들의 당돌한 태도에 빠져, 처음 보는 미인의 손을 잡을 때처럼 자주 찌릿해지곤 해 책장에 박제된 책들이 누워 있는 내 위로 쏟아지려 할 때마다 따로 애인을 둔 사내처럼 죄송해지고, 골목 어디에서나 거침없이 튀어나오는 문장들을 보면 쌈 채소를 보듯 군침이 돌고, 갇힌 책들에 대한 나의 미련은 죄인처럼 비틀거린다

육필

비와 비 사이

햇볕이 나고
화단 옆 보도에 서체 하나가 꿈틀거린다
해독이 어려운 이 글자를
우기의 초서라 불러도 될까

아들 이마에 새긴 서자 문양을 지우기 위해
남편 장례 날에 맞춰 자결한, 봉래*의 어미를
생각하는 동안

한나절 서체의 몸부림이 굳어 가고 있다

꽃밭에 새끼들 고물고물하니
흙을 파헤치지 말라는 듯
햇볕에 그을린 눈먼 구인蚯蚓**은
죽어 한 음절 육필을 남겼다

햇볕과 햇볕 사이

>
바람이 불고
개미 떼가 육필을 해독하고 떠난 자리엔
사라진 몸을 **빼닮은**
모래의 필사본만 도도록하다

바람에 조금씩 끌려가는 모래 알갱이들

육필의 **뼈**대마저
고요히 풍장되고 있다

• 봉래: 조선 중기 사대 명필 중 한 사람인 초서의 대가 양사언(1517~1584)
의 호.

•• 구인蚯蚓: 지렁이의 한자 이름.

유리 화가

당신은 조그만 창

일기예보만큼 수채화에도 재능이 있죠
오늘만은 제발, 넓은 창에 기죽지 말아요
사실은 작은 창이 내다볼 게 더 많으니까요
설거지를 할 때나
커피를 내릴 때
내가 눈만 찡긋해도 당신의 붓끝은 장르를 넘나들죠
위층이 이사하던 날
크레인 귀퉁이만 보였을, 그때
당신이 추상화에도 일가견이 있다는 걸 알아챘어요

바람이 풍경을 몹시 흔들면
넓은 창은 때로 지나친 외계外界를 가져요
나 같은 건 아무리 들락거려도 진경眞景은 볼 수 없을 거
라 믿죠
그럴 때 그는 내게 너무 과분해요

어스름이 걸어와요
어서 나를 그려요

당신이 그려 줘야 내가 날 수 있어요
화장기 없는 얼굴, 헝클어진 머리, 애교 없는 표정과 배
배 꼬인 몸매
이렇게 식탁 위엔
촛불을 켜 두었어요
포도주와
샤인머스캣도 있어요

수채화에 매료당한 나의 관심은 코발트블루랍니다
그러니까 커다란 내 두 눈은
푸른색으로 점안點眼해 주세요

당신의 독창적 그림은 파란 융단을 타고
목성의 빗물도 적셔 올 거예요

해가 뜨기 전까지 한 폭의 나를 끝내 보세요
출품 마감일은 내일입니다

그늘의 공학

느티나무에 출입 금지 판처럼 옹이가 나붙었다

옹이는 막힌 길,
가지가 방향을 바꾸는 데 걸린 시간의 배꼽이다
다다르지 못한 초록에게서
필사의 아우성이 이글거릴 때
직박구리 한 마리, 옹이를 박차고 날아오른다
수액 길어 올리던
이제 사라진 가지의 길을 물고 대신 새가 가지를 친다

빼곡한 이파리들을 그늘의 아비라 믿은 적 있다
자드락비가 다녀가고
아비는 제 몸에다
개칠改漆에 개칠을 더해 눈부신 여름을 예비했지만
나무 아래엔
그늘을 덮고 누운 햇살의 발가락들이 꼼지락거린다

이파리를 빼닮은 이파리 그림자가
그늘 한 칸 짜는 동안
말매미도 손마디만 한 제 그림자를 그늘에 보태겠다고

둥치에 업혀 맹렬하게 울어 댄다

저 맹렬이면
광장을 들어 하늘에 띄울 수도 있겠다
맹렬을 심장이 내는 발톱이나 이빨, 때론 그윽한 눈빛
으로 쓰는
한낮의 이파리가
흠씬 땀을 흘렸을까 나무 아래 서니
소금 냄새가 난다
그늘에 드리운 자그맣고 서늘한 염전이다

그늘을 위해 모두가 치열하게 몸부림치는 오후 두 시
느티나무 아랜 아직도 그늘이 모자란다
매미가 제 소리의 그늘까지 내려 깔고 있다

염전

물거울이 된 염전
공중이 된 바닥

젖은 구름들은
날개가 마를 때가지 푸른 타일 판 위를 뒹굴다 간다

결정지結晶池가 온몸으로 뙤약볕을 받아 안으면
물은 한 꺼풀씩 제 겉옷을 벗어 던지며
알을 슬기 시작하고
바람에 업힌 알들이 알을 키운다

적막 속, 갓 난 알들에게 뼈가 생겼다
물의 뼈가 추려지는 동안은
아무도 그 삼엄한 적막을 지켜보지 않는다

구름의 군침이 흘러내리기 전에
자그락자그락 수습되는 뼈마디들

하얀 뼈들은 가루가 되어
잠시 식탁 위를 풍미風靡할 뿐

한때 바닷물의 뼈였음을
대양의 자궁심이었음도 다 잊은 채

함부로 구정물에 섞이거나
시궁창을 헤매거나
무간지옥에 빠졌다가

죄를 씻듯, 본향을 찾듯
다시 파도를 향해 뛰어든다

물의 뼈들이 환생하는 바다의 자궁,
염전은 터울도 없이 알을 낳는다

벚나무 조문

선산으로 가는 길이 쉬지 않고 하얗다

즐비하게 풀어 헤친 산벚나무들
땅을 치며 울어도 멍들지 않는 하얀 손바닥들

봄비가 괜한 일을 했다
죽으려고 피는 꽃은 없지만 죽지 않는 꽃도 없었다

흰 등골을 세워 꽃잎을 떠나보내는,
어쩔 수 없이 꽃 지는 일이
내겐 처음부터 나무의 일 같지 않았다

선산 아래 오빠가 흩뿌려져 있었으므로
산벚나무 하얀 손사래는 언뜻 보아도 눈에 익었다

꽃잎은 스스럼없이 내 어깨에 손을 얹었고
귀 기울일 때마다
실성한 어머니 웃음소리가 들렸다

실성의 무게는 눈물보다 무겁다

>

무덤도 없이 뼛가루만 뿌리는 장례 법은
어느 완고한 가문의 법절인가

등불 하나 켜 주지 못한 사이 시들어 버린 꽃잎들
조등은 언제부터 죽음을 밝혔는가
등불을 켜면, 영혼들은 넘어지지 않고 걷는 것일까

곡우의 비바람이 마지막 숨결을 수색한다
꽃잎들은 끊임없이 비명을 포개고

선산으로 가는 길은 쉬지 않고 하얗다

보디랭귀지

동백꽃이 모가지째 툭, 떨어진다
꼭 남기고픈 말을 몸으로 말할 때처럼

눈 녹은 물에 절은 꽃들은 이미 가 버렸지만
분念을 삭이는 몸짓처럼
나무 아래 새빨간 꽃 한 송이
신음보다 먼저 와 누워 있다

바람이 기절한 꽃송이를 흔들어 깨울 때
숲속 어디에선가 시큼한 위액 냄새가 났다
수술 전 작성한 서약서가 위력을 떨치며 펼쳐졌다
그날 내내 위액 펌프기 스위치를 켜지 않은 건
누구의 책임도 아닌 것이 되었다

그는 청춘을 다 쓰지 못한 채 갔다
없는 파라다이스를 믿었던 때문도 아니다

숲의 가문을 밝히는 동백꽃
동백은 봄꽃들이 부러운 꽃샘 꽃일까
봄이 오자 뛰어내리는 저 격정

절망을 몸으로 말하는 걸까

오빠는 하얀 시트 위에 두 팔이 묶인 채 누워 있었다

녹색 수술복을 입은 사나이가
낯설고 굵은 호스를 오빠의 목구멍에 꽂아 말문을 막았
을 때도
배를 수술했는데 입을 틀어막았을 때도
호스를 떼 달라고 몸부림칠 때도
늦은 밤 녹색 사나이가 병원 복도에서 양주병을 들고 비
틀거릴 때도
나는 그의 과실을 용서할 핑계를 상상하고 있었다
그는 내게 전지전능했으므로
어리석음과 현명함의 경계를 몰랐으므로

여덟 번의 수술은 없던 일이 되었다

떨어진 동백꽃에서 오랫동안 오빠의 스킨 냄새가 났다

빙어 축제

강이 빗장을 걸었다

쇠망치를 거머쥔 사람들이 강에게 말을 건다
얼음끝에 불꽃이 튀는 동안은
겨우내 꽝꽝 두들겨 맞는 강

언 강의 말문을 억지로 열면
물은 파랗게 질리고
빙어도 살려 달라는 듯 미늘에 매달린다

지난여름 샛강의 음독 사건은 강물만 아는 비밀이다
입소문이 두려워, 강이 말문을 닫으면
얼음장 위엔 다시 공손하게 눈이 쌓인다

봄의 열쇠는 어느 물밑에서 쩔렁거리나

강이 스스로 빗장을 풀면 빙어는 더 춥고 위험해진다
강물의 큰 눈엔 어구漁具들도 식솔로 보이는 걸까
던지는 그물마다 원하는 만큼씩 내어 주고도
웬만하면 범람하지 않으려 푸르게 흐른다

>

포구 깊숙이 치어들을 데려다주는 강물
다 자란 빙어 떼를 하구까지 배웅해 주는 바다
교하交河*의 물밑은 언제나 웅숭깊다

산란을 위해 한사코 강을 거스르는 빙어들
빗장을 걸어 혹한의 치어들을 돌보는 강

축제가 끝나고 나면
강은 제 맨손으로 빗장을 푼다

* 교하交河: 강화도와 김포시 사이에 있는 남북 방향의 좁은 해협海峽.

세 가닥 선을 위한 변주

삼색 볼펜은 너덜샘*일까
밤새 흘러내려도 끊이지 않는

나를 번역할 말이 섬광처럼 떠오르면
빨강 파랑 검정 잉크가 번갈아 내 발음의 뼈에 살을 바른다

당신이 지은 탯줄 속에도 세 가닥 가느다란 관이 있었다지
내가 열 달 동안 써도 마르지 않던
피와 공기와 영양을 대 주었을

당신은 세 가닥 줄로써
열 달 만에 나, 라는 책 한 권을 탈고했으나
나는 삼색 볼펜을 움켜쥐고도 여태 나를 찾는 중인데

당신의 작은 연못에는 언제나 따뜻한 물이 남실거렸지 나 혼자
물장구치며 놀다 잠이 들어도 당신이 끈으로 묶어 놓아서인지 나
의 자맥질은 끝까지 안전했지 나도 나름 최선을 다했겠지 세 가
닥 관을 통해 당신의 목소리와 잔주름 많은 손금까지 베꼈으니까

내가 당신의 연못에서 헤엄쳐 나오자

28

그곳엔 더 이상 생명이 부화되지 않아
나만 아는 당신의 회초리는 언제나 뿌듯했지

삼색 볼펜으로 쓴 나의 문장들은
쥐똥나무 열매 같은 눈빛으로 아직도 탈고를 기다리고 있어

* 너덜샘: 태백시 천의봉에 있는 낙동강 발원지.

노란 민들레

키 작은 나의 유전자는 원래 아버지의 것이었다 들판에 집 한 채 짓는 일은 사실 내게 아무 일도 아니다 일부러 밟아 뭉개지 않는 한 나의 노란색 유전자에는 안전이 탑재돼 있으므로

습관이 된 우리 집 파티는 큰오빠의 탈영을 누군가에게 이해시키는 장면이었고 아버지의 거실은 유사한 핑계들로 자주 부풀다 마침내 풍비박산했다 나는 파산하는 집을 떠나 바람이 데려다주는 대로 해바라기 발치에 안착했다 해바라기는 내가 질투할 수도 없는 대상이지만, 어느 날 그의 얼굴이 참새들에게 다 파먹히는 걸 본 후 나는 얼떨결에 허무를 알아 버렸다 나에게는 없는 아래와 흉내 낼 수 없는 눈앞의 번들거림들로, 빈 금고 같은 아버지를 원망하다 더 깊이 사랑하게 되었던 것처럼 나는 한동안 키 큰 해바라기 꿈을 꾸곤 했다 내가 지은 낮고 작은 민들레꽃 한 채, 들판의 바람은 의외로 강해서 지붕 하나 지키는 데 나는 밤낮으로 바들바들 떨어야 했다 어쩌다 하얀 민들레가 피면 토종이 나타났다며 사람들 시선이 몽땅 쏠리곤 했는데, 나는 질투가 나서 그걸 알비노 현상이라 빈정대곤 했다

>

　노란 나의 웃음은 너무 흔해 빠진 것 같아 주눅 들지만,
얼굴을 다 파먹힌 해바라기 웃음도 웃음 같지 않기는 마찬
가지였다

물머리를 보러 산으로 간다

등뼈도 없이 포효할 두 마리 물머리를 보러 간다

나보다 숨차게 오르는 길
발소리 재촉하는 풍경 소리
날숨 두 말과 땀 한 대접은
이 만행漫行 길의 입장료일까
히말라야 어느 골짜기에서 울부짖는 범어梵語의 숨결일까

맑은 날엔 강물의 내심도 투명해지나 보다
수종사 뜨락에서 내려다보니
두 줄기 힘찬 물이
포효는커녕,
막 기도를 끝낸 사람처럼 서로에게 순하게 스미고 있다

강물의 합장이다

제아무리 물이라 해도
체온과 습성이 다른 짐승으로 만났으니
어찌 소용돌이치는 마음, 몸싸움 한번 없으랴마는

>

합장하는 마음에는 성냄도 고요하다

심장을 함께 쓰는 두 줄기 물

그 물을 조금씩 뽑아내어

마을을 휘돌려 들판을 적시고

세미원 연꽃들을 미소 짓게 하는구나

종이꽃이 피어날 듯 고요한 절 마당과

풍경 소릴 당겨 듣는 강물

서로 오래 바라보다 맑게 지어졌을

두 갈래 물줄기의 이름

저기 아래, 사철 신혼인 두 물머리가 푸르다

슴베*처럼 기다리다

초승달이 가차 없이 나뭇가지에 걸려 있었다
그 홀쭉한 달의 배 속은
기도와 정화수를 올려 만삭이 된다는 믿음으로

지붕 위의 박도
스스로 배를 불쑥 내밀었는데, 그 밤에
박을 본 달은
다시 차오르는 법을 둥글게 물 올리기 시작했다

안개 속에서 전사한 삼촌이 살아 나올 것 같은 어스름
붉은 강물에 빠진 비린 달을 건지느라
여태 돌아오지 않는 거라고,
눈먼 총알이 설마 그 작은 심장을 명중시켰겠냐고
아버지는 밤마다 문빗장을 풀어놓았다
조선 톱의 슴베 같은 아버지의 기다림은 아무리 기운
그믐 속에서도 둥근 눈을 부릅떴다

지붕 위의 박을 달덩이처럼 머리에 인 집
후들거리는 사다리를 타고 내려온 박은
쪼개면 두 개의 그릇을 내주었다

>
씨앗을 긁어내고
아득한 삼촌의 안부를 한 그릇 부려 놓으면
갈고리손이 자루를 벌리며 유월의 대문을 들어서고
흉년에도 아버지는 벌떡 뛰어나가 기다림을 부어 주고
채우고 비우고 또 채우고 비워 내고
속이 없는 것이라야 기명器皿이 될 수 있다는
텅 빈 그릇이어야 기도가 담긴다는

달이 다시 실그러지는 밤이면
아버지는 기도 씨를 심으러
슬며시 이슬을 밟고 나가곤 했다

* 슴베: 칼, 호미, 괭이 등의 자루 속에 박힌 부분.

굴참나무 연대기

잎마름병 참나무를 베어 내고 나니
반백 년 묵힌 말이 한목에 쏟아졌다

딱따구리 입질이 절벽에 세웠던 집
그 구멍에 깃들 만하다는 소문이 돌았을까
굴뚝새 박새 딱새들이 깃털을 남긴 채 떠나갔다

동심원 하나가 마을의 내력을 새기는 동안
몇몇의 이름도 함께 사라졌다

태풍이 후려친 그 여름
곳집을 관리하던 술 취한 바우 아재가
만가挽歌도, 상여도 없이 섶 다리와 함께 떠내려갔다

동천 할아버지 쯧쯧 혀를 차셨다
먼 길 떠나는데 상여는 한번 태워 줘야지
좋아하던 막걸리도 아끼지 마라
빈 상여 곡소리 따라 당산나무를 돌고 돌던 만가와,
이불 속 나의 겁먹은 송별사와
폭포 아래 소沼에 말려 버린 소년도

제자리 등고선에 기록되었다

어느 추운 톱날이 건들다 간 곁가지엔
중풍 든 노인처럼, 부름켜가 말꼬리를 흘리며 찌그러져 있다
그 촘촘한 곡선에서
가물었던 계절을 밟고 간 봄의 뒤꿈치와
수박화채 같은 그늘의 갈채 소리
먼 산불에 놀란 숲의 심장박동 소리를 들었다

다람쥐가 도토리를 물고 숨어 버린 겨울 숲의 적막과
얼어붙었던 여러 해 날씨까지
뭉뚱그려 새겨 놓은 굴참나무 연대기는
죽음 후에야 읽게 되는 나무의 진술서다

빈집

빈집은 왜 자꾸 부스럭대는지 자주 오해를 받습니다

가만히 서 있기만 하는데
누굴 기다리는 거냐고 바람이 자꾸 들충댑니다.

부스럭, 은 빈집만의 의성어
저 혼자만의 발음이지만 사실은 빈집의 숨결입니다

삭은 기둥밑동을 개미 떼가 들쑤십니다 고칠 수 없는 병
엔 치료사를 함부로 부르지도 않죠 툇마루 다듬잇돌이 마
당가로 내려앉고 덩치 큰 장독들은 몰래 딴살림을 났습니다
꽃밭을 가꾸겠다고 망초와 쑥부쟁이를 기르고, 깨진 항아
리에 난데없는 소금쟁이를 키웁니다 풀씨를 주겠다며 새들
을 불러 모으고 감나무는 묵은 가지를 스스로 잘라 냅니다
풀씨들 살찌는 소리와 새들 날갯짓 소리, 부스럭거리는 소
란이 빈집을 먹여 살립니다 아픈 어머니를 위해 잉어를 고
려다 아이가 먼저 기절했던 일도 다 기억하는지, 앞니도 없
는 아궁이가 빙그레 웃습니다

칠월의 건들마가 빈집을 파고들면

부스럭, 한 옥타브 목청을 올리지만
그때마다 뙤약볕이 빈집의 못 자국을 다독입니다

서성이다 모퉁이를 돌아 나오면 부스럭,
섭섭한 숨결이 새어 나오고
저물기 전에 얼른 나서라고 바람이 내 등을 떠밀어 냅니다

기다리는 시간

스크린 도어가 수없이 열렸다 닫히는 동안 그 많던 물방울들이 스폰지 속으로 빨려 들어갔다 나는 미처 흡수되지 못한 작은 물방울 약속을 실어야 할 남행 열차는 또 한 번 출발 중이다 기다림이 길어질수록 너는 더욱 반짝거리며 탱글탱글해지고 나의 기다림은 자폐증을 앓으며 조금씩 물컹거린다 너를 기다린 한 시간여, 나의 지금은 쓸쓸한 과거로 내몰리고 있고 아직 너의 사고 소식은 없다 너의 발소리에 귀 기울이는 초조가 어쩌면 행복하다 너를 기다린 시간은 역사가 되었으므로 차라리 편안하다 너에 대한 예감이 눈물을 흘리고, 내게 1%도 관심 없는 시선들에 공포를 느낀 나는 표면장력을 일으키며 오그라든다 희망 없이 기다린 나의 초조는 어느 화병에서 새싹을 틔울 수 있을까 흔들리기도 전에 증발해 버린 자폐의 시간 오는 길에 애인을 만났다는 전화 속 너의 목소리 돌아오는 길 버스 안 텅, 빈 나의 옆 좌석과 가파른 골목 계단에 앉아 나도 한없이 너이고 싶었다

제2부

낮잠

찔레꽃이 절정이어서 새소리가 들리지 않는다

고요가 달아나 버린 내 창밖에
찔레꽃 심어 두는 걸 잊고 있었네

낮달마저 빛바래어 천지간이 하얗다

벌들 잉잉대며 꽃가루 굴리는 동안
향기 번지는 기척에 눈앞이 흐려지고
새들이 우는데 새소리가 들리지 않는다

하얀 초막 한 채가 깊은 잠에 빠진 한낮
봄비가 아니면 누가 저 곤한 오수를 깨울 수 있으랴

넝쿨 아래, 뱀이 독을 품고 지키는 것도 적막인 것을

폭포

물이 하얗게 피어
한 다발 꽃이 되었다

저를 내던져 한 소리 얻기까지
꽃의 비명이 새하얀 꽃대를 늘여
소沼의 화병에 온몸으로 내리꽂힌다

한번 거꾸로 처박혀 본 물에서는 순종의 향기가 난다
재갈을 문 듯 고요를 되찾아 빙그르 몸을 낮추는
낮은 곳으로, 더 낮은 곳으로
물이 물을 깨치고 깨치는 자각의 꽃임을

태고부터 이어 온 아름드리 꽃의 투혼이
수천 필疋의 말씀을 펼칠 때
무지개를 품은 물보라가
말씀의 씨앗으로 퍼져 나간다

저 꽃대 너머
수평의 물을 일으켜 수직의 꽃으로 꽃꽂이하는
그 힘찬 손이 보이지 않는다

>

오직 소沼의 화병만이

적막도 귀가 먹는 물의 육성을 들을 뿐이다

살구를 닦다

오래된 살구나무 아래 노란 살구들 모여
옛일을 말하고 있다

뭐라고 해야 하나
살구 빛깔이 꽃보다 환하다는 말을 할 때는

살아 있는 보석 같기도 하고
맹목의 내리사랑 같기도 하여
한 알 집어 드는데 옆구리가 터져 있다

어머니 입덧이 심했다던 각시 적
마당귀를 쪼며 놀던 병아리는 아직 멀고
한 입 깨물고 싶던 살구는 계절을 비껴갔다는 얘기

마디마다 옹이가 박인 당신의 손을
다정히 잡아 드리지 못한 나는, 애써 따지 않아도
농익어 툭 툭 떨어지는 살구들처럼
당신의 입 밖에서만 흥건하다

살구의 터진 옆구리에 덧붙은 흙 알갱이들과

마른 풀잎 조각들을 털어 내며

내게 오려다 다친 살구를

손수건 대신

손바닥으로 손바닥으로만 닦아 주었다

새 떼를 위한 변명
—칠게

한 달에 한 번, 달이 피를 쏟는 밤입니다

두 눈에 별을 켠 게들이 썩은 피를 떠먹는 동안
게들 속살 녹는 소리가 달빛을 야금야금 헐어 냅니다
보름달은 새벽으로 갈수록 핏기를 잃고
오늘부터 차츰 홀쭉해질 것입니다

게들에게 그믐은 자욱한 기다림이죠
달빛을 곁눈질하지 않고도 뻘밭은 포근한 별채가 됩니다

갯벌은 강과 바다가 엎지른 밀실

말랑말랑 자꾸 치대고 싶어지죠
밀고 다닌 무릎의 시간이 잔주름 자글자글해도
게들 보행법을 따라할 순 없어요

갯벌이 벅벅 얽어 갈수록
포식자의 눈알도 그만큼 돌출되죠
게들은 옆 걸음질로 막장을 구부려 퇴로를 뚫어요
낮 동안은 지하 방송을 통해 불필요한 출입을 삼갑니다

>
산란의 계절, 밀실은 가만히 두어도 따끈해져요
이마에 안테나를 곧추세운 채
알들 깨어나는 기척에 주파수를 맞춰요

은하수는 밤하늘 갯벌일까요
캄캄할수록 별들의 수가 늘어납니다

엷게 웃고 있는 구름 뒤편, 무저울*자리가 반듯해서
올해도 갯벌엔 다산이 예고되고
게들 빽빽한 밀도가 천년 갯벌을 지켜 낼 것이므로

우리는 새 떼를 보러 가야 합니다

* 무저울: 초여름 남쪽 하늘에서 볼 수 있는 전갈자리 꼬리 부분의 두
  별이 직선상에 놓이면 풍년이 든다고 함.

시차 여행

행로를 숨기는 구름처럼 시간의 행방은 만지작거릴 수
없어요

해가 지는 쪽을 향해 날아가는 동안
어제가 반짝, 오늘이 됩니다
시차를 그러모아 아득하게 굴리면 중세의 수도원이 나
를 기다려요
신들의 향연 같은 천장화 아래
카스트라토*의 미성에 홀린 나를 상상합니다

꽃덕에 등꽃들이 천장화처럼 일렁이던 날 아버지 파산 소
식이 다락을 들쑤실 때, 지붕은 외줄기 바람에도 차양 막을
걷어차며 짜증을 냈어요 작아진 아버지는 내려다볼 경치가
사라졌으므로 자주 하늘만 올려다보곤 했는데 그때 나는 조
종사가 당신을 하늘로 몰아가는 꿈을 꾸었어요

오늘 나는 설산과 자작나무 숲과 초원을 날아가고 있어요
당신의 저물녘은 위태로운 빙하 위를 날죠

하늘의 속살은 파고들수록 캄캄합니다

구름이 세차게 녹아내려서
나는 서둘러 뭇별들의 불을 끄고 창을 가려요
당신은 젖고, 나는 그리운 시간
비행기가 별빛을 만지러 고도를 높이면
나는 침엽수 껍질 같은 혹한을 끌어 덮어요

뒤돌아볼 수 없는 당신을 원망하고 나면
함께 가고 싶던 툰드라의 초록 하늘이 더욱 그리워집니다
죽을 때까지 기대도 무너지지 않을
빙산에게 가는 길을 알려 주세요

새벽을 건너온 구름들 사이, 햇살이 창밖에서 눈인사를
합니다
가로세로 하늘의 눈금을 짚으며 비행기가 몸을 낮추면
푸른 들판도 승객들을 태운 채 마중을 옵니다

저걸 무한대로 펼치면 거기서도 항로가 자라날까요

• 카스트라토: 중세 시대, 성인이 된 후에도 소프라노와 알토의 성역을
  지니게 하기 위하여 변성기 전의 소년을 거세한 가수.

수직 열차

낡은 열차가 연기를 뿜으며 수직으로 달린다

내가 탄 객차는 숨을 쉬지 못한다

'다발성 장 파열에 의한 누수'
대동설비 아저씨가 고심 끝에 내린 진단이다
그의 처방은 보일러 끄기와 전면적 내장 교체다

아래위 칸 동력에 묻어 달리는 내 칸의 증세가 전염됐을까
옆 칸 문 앞에도 난방 용품이 배달돼 있다

불빛이라는 기적 소리를 내는 쌍둥이 열차
지금 집이 없는 사람에게 빨간 이 신호는
벽난로처럼 따뜻할 것이다

탑승이 늦은 창은 여전히 캄캄하다
맹수의 이빨처럼 고드름이 창틀을 지키는 건너편 객차
어느 허기진 손이 혈흔을 남긴 채
패딩 점퍼와 냉장고를 뒤져 갔다는 소문이 돌았다

\>

매일 달려도 제자리인 열차

지난봄 정원수가 보식되고 밝게 도색한 겉모습은

새뜻하고 훤칠하다

화장으로 안색을 가리고 속병 치료를 미루는 여자처럼

서로 모르는 객차끼리

냉골이라는 전염병을 나눠 앓으며

겨울 한복판을 메고 달린다

별자리를 채굴하다

글이 써지지 않는 밤
종이에 빼곡히 별을 그리고 나니
우주는 스케치북이다

별들은 누군가에게 그리움을 전하겠다는 강박으로 반짝
거린다

그 초조한 눈빛들을 연필로 이어 가면
녹슬지 않는 무중력의 통신망이 발굴된다
누구도 본 적 없는 별자리

띄엄띄엄 반짝이는 천문天文은 운문이다
미지의 성운으로 가는 길목,
들어가 본 적 없는 별들의 숲속엔
나의 산문이 무모하게 움트고 있을 것이다

불면이 찾아낸 최초의 별자리를
나는 '저어새자리'라 이름 짓는다
하얀 이 새는 해가 지면 북극으로 날아가지
오로라에 두 날개를 적셔

새벽이면 돌아와
미명의 내 부스러기 문장들을 물들이곤 해

무릎을 세운 어둠이 뿌옇게 탈색되는 아침

우주의 천장을 향해 날아오르던 새 한 마리
푸드득, 식탁 의자에 내려앉아
찌그러진 감자 껍질을 벗겨 내고 있다

리치몬드 베이커리 오전 11시

빵 냄새의 영혼은 새였을 것이다

수십 세기 진화한 반죽이 빵으로 부푸는 시간
갓 구운 빵 냄새를 빵의 유산이라 부른다면
제빵사의 꿈은 빵에게 최고의 날개를 달아 주는 일
화석으로 봉인된 반죽엔 몇 그램의 버터가 남아 있을까

이천 년 전 '순결한 연인들의 빵집'* 뒤꼍
줄지은 화덕과
노예이거나 일곱 마리 가축이 돌리고 돌렸을 맷돌 언저리에
화산재처럼 쌓이던 하얀 가루
빵을 기다리며 줄 서 있던 사람들
말(馬)과 연인들의 긴 휴지기가 잿더미 속에서 일어선다
일곱 대의 맷돌을 돌리기만 하면 광야에선 밀이 익어 갔다던

반죽의 혼을 몽땅 불러내는 주술사는 오늘의 제빵사다

진열대 위, 빵 냄새가 솜털처럼 날아다닌다
투명 비닐에 싸인 갓 구운 새들이 누군가를 기다리다 안
겨 나가면

날개 잃은 빵들

비닐 속에서 따뜻한 입김을 내뿜다 잠이 든다

여자가 수심에 찬 미소를 흘리는 오전 11시

최소 이틀은 지난 빵이라야

최고의 빵 맛으로 아는 누군가를 위해

광주리 그득 맛을 실은 남자의 오토바이가

콧노래를 부르며 내달린다

• 순결한 연인들의 빵집: 폼페이 유적. 연회를 즐기러 나온 연인들의 모
습이 담긴 벽화 속 빵집.

말채나무가 있는 밤

나마裸馬의 궁둥짝을 몇 년이나 내리쳐서 밴 핏빛일까요
잎을 털어 낸 붉은 초리들이
내 종아리를 따갑게 불러 세웁니다

초원의 야생마인 족장의 딸처럼
낮달을 방울처럼 말꼬리에 매단 채 채찍을 휘두르며
생의 문지방을 넘어 보려 합니다
갈기보다 검은 머리칼을 휘날리며
당신의 먼 안부를 좇아 말머리를 돌려도 봅니다

권농勸農에 가지가 뻗으셨던 당신
목민심서를 자리끼처럼 머리맡에 둔 그날부터
둑을 쌓아 강물을 길게 보듬고
종묘장을 꾸리고
방죽 너머 구렛들에 끝도 없이 들풀을 기르던 당신
그만한 펀더기면 몇 필의 준마를 길러 낼 수 있었을까요
패랭이꽃들이 향기롭게 짓눌린 뒷굽엔
아버지의 붉은 저녁이 물들어 있었습니다

취기로 비틀거린 늦은 호기가 당신의 유일한 말채였나요

귀 밝은 농부의 과수원에 사과가 익어 가는 밤이면
벌떡 일어나 한 바퀴 휘휘 돌아보시는지요
그러면 당신 손에 이 붉은 채찍을 쥐여 드리겠습니다

등불의 심지가 되라, 눈길로 이르시던 그 밤엔
갯벳 속 땅콩알도 일등성처럼 반짝였습니다
그날에 초원을 내닫던 바람의 말발굽 소리가
흰 공책 위를 종횡무진 써 나갑니다
새벽 말들의 허연 입김이
지난밤 베어 온 말채나무를 뿌옇게 감쌉니다

아버지, 새벽이 오고 있습니다
이제 고삐를 북녘으로 바투 잡으시지요
드넓은 과수원이 주저리주저리 열매를 되뇌며
오래도록 당신 등 뒤를 배웅할 것입니다

장수산부인과

배롱나무꽃들이 산부인과 창밖에서 군불을 땐다 그 뜨거운 입덧이 여름을 붉게 물들일 때, 여어가 장수산부인과 맞니껴? 유리문을 미는 할머니 잇몸에 물비늘이 피었다 초산이 늦은 임산부가 더 늙은 남편을 입술로 물어뜯으며 분만실로 기우뚱 걸어간다 가난도 새 생명 앞에서는 풍요가 된다는 듯, 오오냐 막 퍼부어라 욕먹으마 오오래 산다

꽃들은 봉오리가 다 터지도록 누구에게 한바탕 퍼부었을까

배롱나무 꽃잎들이 칠월의 천둥소릴 듣고 세상을 한 뼘 더 들어 올렸다 태아도 어미의 신음 소릴 듣고 헤엄쳐 나와 볼기짝 두어 대 얻어맞으면, 대를 이을 첫울음을 토해 내리라 꽃망울이 피고 지고 다시 맺히듯

신음과 첫울음이 이어지는 곳

입술이 바싹 타도록 조바심 나는 오후, 앳되고 앳된 장수長壽의 탯줄만 자르고 나면 오물조물 손가락 발가락 수를 헤아릴 생각에, 늙은 장수가 검버섯 핀 손가락을 접었다 폈

다 복도를 버정인다

　남자가 배롱나무 아래에서 마지막 담배 연기를 뿜어 올린
다 미리 터진 양수처럼 꽃그늘만 한 하늘을 벙긋 받아 내는

　장수산부인과 분만실에 작고 비린 새 우주가 열리고 있다

소금 사막

폭풍이 사구의 등지느러미를 벼리고 있다

불꽃처럼 모래 알갱이 흩날리는
가도 가도 에셀나무 신기루만 어른거리는 사막
땀에 전 아버지 등짝을 주무르듯
낙타 행렬이 사막의 등뼈를 자근자근 밟으며 석양을 건넌다

사막의 기우제는 구름이 녹아내릴 때까지 계속되므로
가끔은 우기의 구름도 사막을 이해한다

구름의 꿈은 물이 되는 것
자신이 지상에서 왔음을 기억하는 것
낙타를 위해 깊은 샘이 되어 주는 것

제사장의 기도에 마음을 허문 구름
황야의 소금이 씻겨 빚어졌다는,
그 와디*를 지나 싯딤나무 그늘을 지나
소금 덩이를 걸머진 검은 실루엣들이 역광의 렌즈 속으로
걸어온다

>

사막의 긴 그림자는 태양의 시계

두려움도 누워 쉬어야 할 시간

시침이 멎어 버린 캄캄한 천막 아래

베두인 족장이 오드**를 연주하며 시를 읊는다

두려움을 연주하며 노래로 기도한다

모닥불의 힘줄이 사그라들고

먼 산 아이벡스 산양들 눈의 푸른 별이 잠들 때까지

낙타의 되새김질 소리와 냄새를 견뎌야 사막을 건널 수 있다

짐꾼이었다가 말벗이었다가도

도도한 걸음을 멈추면

도살되어 마지막 양식이 되는 낙타가

가장 경건하게 모래에 **뼈** 묻는 법을 가르쳐 준다

* 와디: 사막 지역, 우기엔 물이 흐르지만 건기에는 사람과 낙타가 다니는
골짜기.
** 오드: 중세와 근대 이슬람 음악에서 유행한 현악기.

스킨스쿠버 통역하기

보청기가 채집한 굉음이 잠수병에 녹아들었다

그의 귓속에 운집한 소리의 픽셀들
소음을 건드린 바람이 귓가에 스치면
소스라칠 듯 발작하는 소름

듣지 않아도 될 소리가
듣고 싶은 목소리를 앞지를 때
그에게 은밀하게 타전되는 어린 날의 랩소디
그리운 날의 소리 스낵들

어느 날 강가에서 그의 귓속을 말(言)로 파 보면
자괴와 자살이 더뎅이처럼 앉아 있었다

그럴 땐 호흡도 아픈 소음이다

보청기를 살짝 빼면 고요가 안겨 올 거란 안도도 한순간
언젠가 다가왔던 애인의 숨결이
자판 두들기던 불규칙한 리듬이
소낙비와 뒤엉키던 캠핑장 숯불의 흰 아우성이

고스란히 소환되곤 한다

타고난 청력에의 미련이
그의 눈에 귀를 달았다
그럼에도 귀에 슬은 눈길마저 눈치가 늦을 때
입술을 떠나 버린 동문서답이 그를 되레 큰소리치게 한다

평미레로 밀어 놓은 듯한 수면 아래
눌러놓은 납작한 말들 있을까
조여 오는 통증을 한 호흡에 깊이 불러내듯
한강 둔치에 서 있는 그의 실루엣이
물결 아래 눌린 고통의 어원을 가만히 엿듣곤 한다

그러나 그의 일은 늘 물속에 있었으므로
물속에 집을 짓고 그는 여전히 나오지 않는다

인섬니아

시간 쪼개지는 소리가 귓속을 후비고 있어

글라디올러스 구근을 화분에 심었어
너는 때가 이르다고 했지
탑처럼 층층 꽃을 피우고 싶었어
다다를 수 없는 먼 외계에서 초조가 수신되면
뭔가 피워 내야 할 것 같은 봄이라는 강박
골똘이 나를 모로 뉘어 놓곤 해
나는 숫자를 거꾸로 세며 과거로 돌아갈 수 있지
불안을 몰아낼 수 있을 거란 믿음으로
이것은 겹겹이 오므린 마디를 더 잘게 견디려고
순리를 거스르는 일인지도 몰라
나는 신랄하게 쓰디쓴데
구근은 여태 한밤중이야
어느 경계선까지 책을 읽고
어느 마디에서 몸을 갈아엎고
새벽의 꼭짓점에서 생각을 포기했어
시계가 쳐 놓은 촘촘한 울타리에 갇혀
원심력 밖으로 튕겨 나갈 것 같은 새벽 네 시
간신히 화분을 들여다봤어

봄이 내 속마음의 겹을 세어 보듯

놀란흙이 구근을 조금씩 조여 가고 있어

불면의 바깥은 꿈속일까 무의식일까

나는 너무 깊숙이 들어왔어

헤어나려고 발버둥 치면 칠수록

내 촉은 더 예리하게 벼려지고

속이 메슥거리다 현기증이 나

구근을 위해 묵은 비타민 한 알을 미지근한 물에 녹여 두고

발효될 때까지 기다려야겠어

뼈마디 실금에서 우러나오는

투명하지도 뽀얗지도 않은 액으로

나는 계속 긁적이는 거야

층층 꽃 피울 거란 믿음으로 내가 나를 몰라볼 때까지

빗금의 미학
—도미회

쟁반 위에 말랑말랑 패牌들이 쓰러져 있어요
도미는 없고 도미노 게임만 남았죠
한쪽으로 줄지어 넘어뜨린 쫄깃한 맛은 승자를 대접해요
입에서 입으로 이어 온 맛의 지느러미가
사람들 몸속으로 녹아 들어가요
소문은 입 속에 알을 슬어 놓아요
무 감자 갖은 양념에 파묻힌 냄비 속 대가리가
제 등뼈를 바라보고 있어요
도미 입이 뭔가를 말하려고 합니다
혼자 다니지 말라는 무리의 수칙을 잊었을까요
바닷속 지느러미 행렬을 기억하듯
꼬리를 살짝 흔들어 보지만
매운탕 국물이 펄펄 끓어올라요
어느 것 하나 내버릴 것 없는 도미는
아가미 속 살점에도 맛을 세워 놓아요
벗겨지고 저며지고 발라졌지만
뽀얀 눈알 두 개가 끝까지 냄비 바닥을 지킵니다
칼끝이 저민 게임
맛만 에어 낸
패자의 완벽한 역전입니다

가을의 유산

싸릿대가 제 물든 겉옷을 털어 부은 발등을 가리는 저녁 무렵,
물들인 잎을 내어 주고 추위를 사들이는 나무들 많다

길가의 칸나는 꽃대를 더 밀어 올려야 할지, 뜨거운 수제비를 삼키듯 꿀꺽 넘겨야 할지 궁리를 더해 가는 날들이다 수숫대 부딪는 소리에 눈망울 커져 가는 고라니들 늘어 가고 아직 제 누울 곳 찾지 못한 풀씨들이 바람의 등짝만 바라보는 날들 산기슭 군데군데 배어 있는 구절초 쑥부쟁이 붉나무 잎사귀들, 찬 이슬의 주술이 얼어 낸 밤을 사람이 지새우는 일 파다하다

밤을 부리는, 맨발에 불면인 나무들이 저마다 달빛의 목도리를 두르고 있다 손잡고 어둑한 냇가를 걷고 있는

가을은 종일토록 빛깔 살림 마련에 분주한데, 나는 새벽에 뜰에 나가 별을 보는 일 잦다 달별에 발을 딛고 돌아온 이의 이름을 달달 외면서도, 나는 젊음을 다 쓰지 못한 오빠의 안부를 달에게 여쭙는다

제3부

중력을 거부하는 것들

거부하는 몸짓이 아름다운 것은 드문 일이 아니다

허공에 길을 닦는 비행기 최선을 다해 조종받는 드론과
인공위성 뿌리가 땅속으로 끌려가는 동안도 허공을 향해 뻗
어 나가는 나뭇가지들 벌들을 유혹하는 초원의 클로버 향기
풀 깎는 사내의 땀 냄새

중력을 거부하는 것에는 필사의 발버둥이 있다

창의적이 될 때까지 상식을 거부하는 예술촌 사람들 갈
매나무 이파리 같은 생각이 떠오를 때 마구 솟아나는 착한
아드레날린 보톡스로 짱짱하게 추켜올린 늙지 않는 배우의
얼굴 물들인 너의 블론드 색 머리카락

중력이 순리라면 부력은 필사의 몸부림일까
공중 부양을 믿고 싶은 시간

아래로 자란 고드름과 동굴 속 박쥐의 위태위태한 자세
를 보지 못했더라면, 중력을 거부하는 것들의 아름다움을
몰랐을 것이다

나랑 별 보러 가지 않을래?

딸깍, 우주의 전등 끄는 소리를 들었다
검은 천공天空에
달 화성 금성이 일렬로 모인 저녁
이렇게 한자리 모이기까지 십삼 년이 걸렸다는 말
우주에겐 겨우 밥 한 끼 먹을 시간이다

초승달은 수줍고 별들의 눈초리는 매섭다
금성은 평생 홀몸이어서 샛별이라 불리지만
화성엔 딸린 별이 둘씩이나 된다는데
이름이 무엇인지
나이는 몇 살인지
제일 궁금한 인공위성이 가장 많이 깜빡거린다

먼 별들의 쇼
역마살을 꼬리뼈에 감춘 채
제 몸무게로 꼼짝없이 내려서는 일
거기 먹지 같은 세상이 있다고
어둠을 반짝반짝 닦아 내는 일
저 광활한 쇼의 진짜 관람객은 은하수다
저들의 반짝임은 천재들의 시편이다

\>

스포트라이트 조명처럼

별똥별들이 사선을 긋고 있다

저 빗금들은 나를 부르는 초대장이 아니다

저들에게 나는 한낱 외계의 눈빛

밤의 식당에서

은빛 젓가락을 쥐면

성운星雲에도 궤도가 열리고

나도 별들의 손님이 될 수 있을까

적막을 엿보며

새들은 더 가까이 별들을 보러 간다

등배지기 여행

오늘 나는 버스를 탈 것이다

지상의 모든 버스는 움직이는 대륙을 타고 이리저리 여
행 중인데

무엇을 타면

단숨에 지구 반대편 초원에 갈 수 있을까

때론, 지구의 엔진 소리가 장맛비에서 울린다

일개 국립이 아니라

우주립의 땅 별 버스 운행 노선엔

유월의 장미와 진흙 쿠키의 아이들, 뒤엉킨 신神들의 브
론즈가

장맛비에 떠내려온 부유물처럼 널린 마을이 있다

지구촌이라는 사파리 투어에 동승한 사람과 사람과 사람들

차비는,

어제와 오늘을 무선으로 소통하는 것

길고 긴 나의 여행 코스에는 차비가 안 든다

지구 반대편 팜파스엔

내가 탈 말의 안장에 팔월의 햇빛이 와스스 짐을 풀어 두고

생각날 때마다

팜파스가 제 두터운 등짝에 날 업어 주므로,

때론 그곳 초원이 내 등에 되업혀 날마다 둥둥, 끝도 없이

해바라기 꽃을 피우고 있을 거란 생각 생각 생각

팜파스는

비동맹군의 휴전을 알려 주는 축포

너무 멀리 업혀 있어

내겐 더 그리운 지구 별의 동승자

동짓날

어둠은 태양빛이 불투명한 물체에 베였을 때 흘리는 피

오동나무 가지에 베인 햇빛의 피는 검다
난데없는 저 밝음이 거느린 짙은 모의模擬
바람이 모래알을 굴리며 핏물을 핥는다

나뭇가지의 죄책감을 외면한다 해도
고막을 찢을 것 같은 햇빛의 비명 때문에
이불을 뒤집어써야 할 거란 생각

추녀 끝을 붙잡고 있던 고드름이 오전 내내 불안을 흘리다가
끝내 땅으로 내리꽂힌다
종일 마당을 서성거린 늙은 개는
소란한 겨울 저녁이 귀찮다는 듯
앞발에 턱을 괴고 엎드린다

산산조각 난 얼음덩이에서 적요가 튈 때
몇 해 전 시집간 수양 언니가
큰 가방을 들고 왔다
그녀도 지나온 길목이 뭉텅 잘려 버렸을까

>
겨울 저녁을 몇 번 짖던 백구가
그녀의 길고 눅눅한 핏물을 지우려는 듯
꼬리에 힘을 실어 바닥을 친다

오동나무 깡마른 열매가 무령처럼 흔들리는 저물녘
팥죽 눈는 냄새가
더 이상은 액막이할 일이 없겠다는 듯
어머니를 부축하며 부엌에서 흘러나왔다

공중의 일

풀 줄기에 잇댄 사월의 거미집에
벚꽃잎 여럿 내려앉았다

오늘의 거미집은 꽃잎과 물방울을 부조한 로코코양식이다

순간 풍속은 부조물이 안전할 정도
거미를 위한 식사 준비는 기다림만 남았다
조아린 꽃잎들이 식재료를 유인하는 동안
왕거미가 풀잎 뒤에 숨어 꽃잎을 부리고 있다

바람이 분다
초조한 꽃잎들 시들고 있지만
공중의 일은 아무도 참견할 수 없는 일

궁금한 누군가의 헛손질에 거미줄 한 올이라도 풀리면
거미의 방적돌기가
머릿속 설계도를 꺼내 재빨리 수선한다

최초의 어부는 거미집 설계도를 훔쳐
그물을 짰을 것이다

\>

멥새 딱새 흰나방 꿀벌들이 더불어 사는 정원
왕거미의 생존 전략은 촘촘한 방직 기술과 매복이다

최고의 요리 레시피는 온도 조절이므로
거미는 제 그물의 떨림에 촉각을 세운다

인문학 강의

호두가 여무는 계절
한랭전선 기류에 맞춰 고양이 울음소리도 날카로워졌다

강사가 비세속을 논파論破하기 위해 촘촘하게 세속을 말한다 비세속을 사는 강사가 나보다 세속을 더 잘 안다 휴지한 팩 얻고, 일주일 동안 10명을 데려가서 고급 좌훈기를 받는다는 얘기, 고가의 전신 마사지기를 좁은 집에 설치하고 할부금에 시달리다 부부 싸움이 났다는 사연, 강사의 일상이 통속적으로 궁금해진다 한때 나도 비세속을 사랑하려고 지나온 세속을 지워 보려 한 적 있다 그러나 어머니 배 속에서 나오자마자 누가 내 볼기짝을 탁탁 쳤을 때, 공명통처럼 소릴 냈다는 후일담을 들어서인지, 나는 천성적으로 남이 연주하는 세속적 타악기임을 깨달았다 그때 나를 현악기 다루듯 감미롭게 켜 주었더라면 지금보다는 더 말랑한 악기가 되었을까 오늘 세뇌받은 비세속을 내 신체의 어느 부위에 심어야 하나 가을 들며 내 정신의 호두알은 더 단단해져만 가는데

마음 한 칸 온전히 비우기 힘든 나의 비세속은, 철저하게 고요할 수 있을지 단단한 껍질 속에 십 년은 나눠 먹고도 남

을 경작이 될지 나의 첫 인문학 수업 태도는 다분히 세속적
이었다 강의는 계속되어야 한다

그해

어둠을 빛의 누명쯤으로 생각한 적 있다
구멍 난 양말처럼 쉽게 벗어 던질 수 있는

오빠가 의료사고로 떠난 그해, 나는 어둠이고 싶어서 어둠 속을 찾아들었고 작은 창을 통해 들어오는 빛이 나를 찔렀지만 죽을 만큼 아프진 않았다 그때 나의 임기응변은 주위로부터 먼저 마음을 거둬들이는 것이었다 일주일 전 널어두었던 빨래를 오늘 별안간 걷어 올 때처럼

매일 남의 다리로 걸어 다니는 것 같았다 하나도 슬프지 않은 날은 불안했다 맞바람 창 없는 방이 나를 위협했다 살구꽃 그늘 같은 교실에서 수업을 마치고 돌아오면 벽에 핀 수묵의 꽃들이 활짝 웃으며 나를 반겼다 꽃들은 무서운 속도로 알을 슬었다 목소리 없는 저 꽃들은 식물일까 추깃물 냄새를 풍기므로 동물일까 의심이 마수의 눈길을 불러들여 나는 자주 응시되곤 했다 최선을 다하고 싶은 일이 생길까 매일 두려웠다 쿰쿰한 여름은 길바닥에 버찌 열매를 떨구며 서성거렸고 수능을 앞둔 학생들 앞에서 나의 태도는 불온했다

\>

가을과 겨울은 제멋대로 짧거나 추웠다

반짝이는 모든 것들에 주눅 들기 시작했고 잘못 통역된
고백처럼

절망이 나를 사랑하기 시작했다

여간해서 복구되지 않는 나의 음성

핀셋으로 슬픔을 뽑아냈지만

그해부터 나는 한 옥타브 아래에서만 소리가 난다

단풍나무 신작

노을빛의 열정을 두른 단풍나무가
행간의 찬 서리와 바람의 지우개로
울창한 습작의 문장들을 지워 내고 있다
여름날, 긴 산문이었던 잎들은
그의 수만 갈래 사유思惟였던 것

새벽 별을 켜고
봄부터 써 온 문장들을 읽고 또 읽고 지워 낸다
끝끝내 남아 있는 말들을 허공에 펼치고
조금씩 흔들어 보거나
가지를 비틀어 보거나
다녀간 새들을 다시 불러들이거나
벌써 며칠째 불면의 산고産苦를 치르고 있다

나무 아래, 구겨진 활자들이 쌓여 가는 늦은 오후
나무는 비로소
단정한 은유을 익혔다
매년 가을은 여전히 낯설고
물들어 가는 나날은 신작이었음을

＞

가끔씩

회리바람이 일 때마다, 작고 빨간 손바닥들이
나무의 손목을 잡으러 일어섰다 주저앉는다
아들을 먼저 보낸 어미처럼
부르르 떨고 있는 나뭇가지 아래
구겨진 잎들이 모였다 흩어지곤 한다
한 시절 다정히 손잡고 뜨겁고도 붉었던

허공에 그려진 수척한 가지
된서리에 잠을 설친 단풍나무는
늦가을 내내 당신을 기억하는
시 한 편 쓰는 법을 익히고 있었다

계단

비상구 문을 열면
건물이 착착 주름 잡혀 있다

꼭대기까지 접혀 있어도 높이가 줄어들진 않았지만
차근차근 오르내리라는 듯
차별 없는 발판을 내밀어 준다

계단을 오르는 수많은 사람들
그 발목도 발목이지만
꺾이는 무릎들이 계단을 닮아 간다

내가 내딛었던 첫 번째 계단은 어머니 무릎이었다
어머니는 계단만 있으면 어디든 오를 수 있다고
걸음마도 하기 전에
내게 우쭐우쭐 굴러 볼 무릎을 내주셨다
그 계단을 무시로 오르내리며
키운 나의 비복근과 가오리근*들
그 힘으로 나는 넘어지지 않고 나의 들판으로 걸어 나왔다

내 수업을 오후 시간대로만 박아 놓은 부장에게

익다구니 쓰다 두 눈이 충혈됐을 때도
계단은 내 말을 다 들어 줄 것처럼 다정한 의자를 내주었다

무수한 발목을 받쳐 주다 귀퉁이가 깨지고 금이 가도
생활에 활력을 주는 것은 계단이었다

밟으면 오르간 소리가 날 것 같았다

＊ 비복근, 가오리근: 종아리 근육들.

핑크 카펫

여자가 달 항아리를 그러안고
전철 안 핑크 카펫으로 다가왔다
만삭보다 더 만삭 같은 사내가 앉아 코를 고는 동안

달 항아리 속엔
긴 호스를 매단 우주인이
캄캄한 시공간을 유영하며 마지막 점검을 하고 있을 때다
교신하듯 움찔거릴 태동
전동차도 덜컥덜컥 엿듣는 기척이다

아무리 빠른 속도일지라도
환한 낮의 달무리가 번지는 객실 안은 또 하나의 네모난
항아리다
막 도킹해 온 그녀가 가쁜 숨을 몰아쉴 때마다
휴대폰 속을 탐사하던 승객들
고개 들어 여자를 살핀다
고아한 달의 신비가 품에 넘치게 둥근

미소를 열면 모두 한 호흡 안

＞

순환선 열차가 달무리를 싣고
돌고 돈 후에
조그만 우주인이 힘차게 궤도 밖으로 귀환해 올 날은
사흘 지나 열이렛날일까

전동차가 천천히 멈추자
뒤뚱뒤뚱 문 쪽으로 걸어가는, 기울 줄 모르는 달

저 사내, 우주의 공식을 업신여기듯 꿈을 헤집고 있다

내일의 주인공을 위한 자리
핑크 카펫은
우주의 환승석이며 새로 시작되는 플랫폼이다

.

.

여름이 한 일

쩍쩍 갈라진 바닥
비를 바르면 이내 달싹일 것 같은
저 입

칠월의 저 저수지는
누명 쓴 투신과 살아남은 눈물이 바람결에 범람하던 곳
바닥은 이글거리는 한낮에
밀가루 전병처럼 소문을 부치고 있다

아무것도 모르는 아이들이 죽탕에 들어가
주먹만 한 말조개를 한 바가지씩 캐어 나오고
그 무심한 경계에, 뒤늦게 발목 잡힌 아이가 있어
그날처럼 저수지에 장맛비가 쌓인다

빗물이 틈새를 채우고 저수지가 희멀거니 살아나는 동안
말라붙었던 소문들이
부유물처럼 떠올랐다 가라앉은 오후

저수지는 또 미욱한 누군가를 기다리는 것일까
넓이와 깊이로 잔입을 다신다

>
수평을 부풀린 수면도 군침이 돌았을까
일 나간 어미를 기다리며 방죽 소나무에 매달려 놀던 아이
나무가 솔가리를 던지기도 전에
사라졌다

연례행사처럼 또 하나의 목숨을 삼켜서일까

수문이 열릴 때까지
저수지 입도
여름 내내 파랗게 질려 있었다

정오의 빛

다락방 천창까지 달려와 그대는 왜 행방을 감추나요

이전부터 달려오고 있었지만 어디로 가 버리는 것인지, 잦아드는지, 스미는지, 지나치게 직선적인 그대를 난 알지 못해요

오, 당신은 선을 긋네요
그만, 그만 거기까지만

보이지 않는 그림자를 바닥에 누이고 그대가 말없이 나의 행간을 참견하네요 창을 닫으면 가슴에 십자가를 새긴 새로운 그대가 밀려와요 바람과 안개와 비와 눈, 허공의 주민들과 소통해 온 그대는 나를 관통했나요 먼저 온 그대는 어디에 있나요

나는 그대를 우주의 소식이라 믿어요

나의 죄가 그대의 투시를 두려워한 적 있지만, 유리를 관통하고 들어오는 그대도 타고난 성깔과 원죄로부터 조금은 순해졌나요 심장을 비껴가듯 다녀간 소식의 부스러기들을

내 등 뒤에 부려 놓았나요

 우주의 관성은 배 속 아기의 불행에도 단호한가요 밤이면
통증이 그치지 않아요 마야의 후예처럼 그대는 숭배해도 되
는 물성인가요 저 창살의 십자가를 보며 그대의 행방에 집착
할 때 나는 조금 더 경건해져요

프롤로그

꽃들이 폭설로 피었기에 내 수줍은 시도 안개처럼 왔다

　호명하지 않아도 발레 슈즈를 신은 듯 착착 제자리로 찾
아드는 꽃들 사월의 현상들이 나를 혼미하게 했다 그때 나
는 덜 익은 레몬이었다 노란 껍질과 속살의 미숙한 신맛 그
럼에도 나의 문장들은 그의 팔뚝에 소름이 되고 싶었다 그
의 입술에서 떨리고 싶었다 번개를 치듯 나를 퍼 간 꽃들
이 꿈속까지 파고들었다 어깨를 부딪은 적도 없는데 비틀
거렸다

　기억의 거품들이 승화되어 갔다
　서고의 많은 책들 중에 꽂히고 싶었다
　덜 익은 레몬을 깨물듯 그를 끌어안았다
　간절한 스무 행을 위하여 해지는 줄 몰랐다

　영혼의 시즙屍汁인 그대여
　나는 나의 무례를 용서 빌지 않을 것이며
　시마詩魔에 시비도 걸어 볼 참이다
　돌부리에 넘어져 피를 보게 되더라도
　그대가 걸어 놓은 마법이 풀릴 때까지

돌부리를 다듬어 오목한 숟가락이 될 때까지
탈수된 말(言)들을 치대어 리듬을 탈 때까지

좀체 혀끝을 내밀지 않는 그대를 향해
하악하악 하악질도 해 보는 것이다

가을이기를

11월의 화살나무가 마지막 탄알들을 장전하고 있다
당장 무언가를 명중시킬 자세다

빨간 탄알들은 물의 혈족을 경계한다

탄알이 소진될 때까지
11월의 빗방울은 화살나무 과녁이다

먹을 것도 아닌데 뱁새 떼는 왜 나뭇가지 사이를 들락거리나
살그락 탄알 떨어지는 소리에 허공도 울상이다
눈이 오지 않는 11월은 며칠이나 더 내 곁에 머물까

슈퍼마켓 다녀오는 사이
화살나무가 그 많던 빗방울들을 다 명중시켰다

삽시간에 나의 가을도 쇠잔해져서
곧 함박눈 내리고
눈석임물 위에 겨울비도 내릴 테지만

화살나무에 빨간 탄알이 한 알이라도 장전되어 있는 동안은
모쪼록 가을이기를

제4부

팔월 혁명

구름 떼를 둘둘 말아 쥔 태풍이 팔월의 과수원을 덮쳤다
한 입 두 입 허공을 쪼며 붉은색을 외던, 전망 좋은 가지를
잡은 열매들은 모두 굴욕이 되었다

이들 당찬 바람의 저지레를 혁명이라 부른다면,

꽃향기에 얼굴 붉힌 어제의 바람도 혁명일 거야 풋사과
의 멍든 자국도 혁명, 뿌리 뽑힌 나무가 물구나무서는 것도
혁명, 반쯤 땅에 묻힌 열매가 벌 나비에게 단물을 대는 일
도 혁명, 입을 굳게 다문 삽이 물컹한 과육을 푹푹 땅에 묻
는 일은 내년을 위한 과수원 르네상스

태풍이 가고도 남은 바람은 껍질이 붉어질 때까지 여름
을 쓰다듬었지만 가을은 풋사과만큼 시고 덩달아 빈손만
바빴다

바람이 어머니의 가계부에 붉은 줄을 긋고 구절초 꽃잎
속으로 사라지고도, 체온을 높인 기후의 반란은 빙하를 녹
이고, 그럴 때 우리 집은 폭설로 가득했다

투명 사진사

뷰파인더로 보는 바깥은 저녁보다 좁다

목맨 단풍잎과 살눈을 끌어 덮는 맨살의 나뭇가지
빨간 산수유 열매를 군침으로 녹이는 뱁새 떼
퉁방울눈을 뜨고 봄을 기다리는 목련나무
매 순간의 풍경을 포착하는 투명 사진사가 작업에 몰두
중이다

새 한 마리 구름 끝을 물고 공중을 선회할 때
육백 밀리 망원렌즈의 빠른 셔터를 선택한다

자동차가 급브레이크 밟을 때처럼
풍경과 그의 시선이 맞닥뜨리는 말간 접점에선
불꽃이 포착된다
느린 속도로 찍는 십일월의 빗줄기는 흐리다
몽환의 물방울들을 소름처럼 빗어 내어 초속으로 펼치는

짙은 안개주의보가 발효되면
사물의 경계를 해체하고, 줌으로 당긴 듯
추상을 인화한다

내륙보다 작아진 하늘, 형상화된 이미지가
시야를 흔들고

나를 완성하여 창밖에 세워 두는 푸르고도 검기운 시간

그가 내일의 기상특보를 듣는 동안
풍경이 말갛게 어두워지면
나도 새까만 그를 커튼으로 다시 지운다

메꽃

분홍 나팔에서 태교 음악이 울려 나온다

지렁이 굼벵이 꿈틀거리는, 두더지 혼인하기 좋은 날
와당탕탕 땅이 들썩거리면
나는 분홍 호른의 울대 속으로 서서히 빨려 들어
지하 녹음실까지 내려간다

난 내레이터가 될 테야 풀뿌리 기도에 관한 이 계절 다큐
멘터리 〈뿌리 안테나〉 두더지 습격을 막으려면 바위 밑 반
딧불이를 깨워야 해 조명이 비추고 방송이 시작되면 외골수
정원사도 메꽃에게 가위 들이대지 못할 거야 장미에게 주려
던 손길 한 줌 흘릴지도 모르지 산책로를 걷는 사람들에겐
내 목소리가 들릴 테지 꽃의 얘기는 본래 아무도 지나치지
못하는 노래였으니까 북향의 가지를 꺾는 생음악이 나갈 때
나는 가끔 새의 목소리를 가다듬곤 해 그저께 숨겨 둔 새알
들은 부화할 수 있을까 새들이 스튜디오 개원식에 왔어 사
마귀는 축하 테이프를 자르지

두더지들은 녹음실을 파먹으려 호시탐탐 노려
태교 음악이 들리는 곳은 귀가 열리는 지하 녹음실

뿌리 안테나가 얽히고설켜 있지

뿌리는 아기 두더지의 튼실한 발을 기도해
두더지는 기도를 알지 못하지
욕심을 버리고 들으면
뿌리의 기도가 어떤 연주보다 고결하다는 걸 알게 될 거
야

나는 여름 동안 지하 녹음실을 청소하며, 원고 뭉치 속 껌
껍데기 담배 필터 녹슨 박카스 뚜껑까지 다 내다 버리고 평
생 기도만 퍼 올리다 간 엄마를 세상에 알릴 거야

초록 둥지

절간을 나오는데
참나무 우듬지에 겨우살이 둥지 수십 채다
갈매나무 새순을 막 퍼 올린 듯 저 초록은
봄맞이 나온 처녀들 수다처럼 반짝거린다

어느 수행승의 독경 소릴 귓등으로 흘려버렸을까
벌 받는 아이처럼 알몸인
참나무 귓등에
타이르듯 매달린 초록 까치집들

조석예불 소릴 다 가로챈 산까치들이
여기, 바람보다 무겁고 거짓말보다 듬직한
초록의 둥지가 있다고
단골손님을 대하듯 짖어 댄다

나도 누군가의 반가운 손님이 되려고
종무소에서 만난 할머니 집 빈방에 들었다

할머니 늦도록 경經을 외신다
알아듣지 못하니, 나 또한

귓등으로 들을 수밖에

하루가 무거웠다
자고 나면
내 귓등에도 고요의 둥지 한 채 번져 오려는지
빨라지는 계곡물 소리가 적막하다

허수아비

빈 들에 혼자 남은 허수아비

공터의 약장수처럼
조무래기들은 저리로 가라는 듯
두 팔을 치켜들었다

혼자라는 것에 대해, 쓸쓸함에 대해
아무 식견이 없는 새들은
그를 보고도,
보란 듯이 몰려와 떠들어 댄다

호적에도 없는 먼 들판이 파도 소릴 흉내 내면
그도 하던 일을 작파하고 어디로든 떠나고 싶을 것이다
구절초 향기에 코를 벌름거리며
구겨진 햇살이라도 들쳐 업고
등짝이 따스해질 때까지
둠벙에 제 모습 자랑하고 싶을 것이다

얘들아, 너희들은 부디 대처로 나가 살아라
이 한철 지나면 겨우내 빈 들을 헤집겠느냐

\>
어스름이 혼잣말처럼 내려오면
먼 인가의 불빛을 바라보다가 차라리
새들 날아가는 길을 배웅하듯
젖은 소매를 펄럭댄다

지킬 것 없는 들판에서는
위풍당당도
근엄도
다 추상명사다

이끼계곡

누가 바위에 옷을 입히나
이끼계곡 바위에 걸터앉아
두 발을 담그면
솔기 없는 초록이 발등으로 번져 온다

삼복에도 서늘한 물
오죽하면 구름도 손발을 적시고 갈까
부리를 딱딱 부딪치며 골짜기를 깨우는 새의 날갯죽지에
도 이끼 물이 번진다
부리만 달면 곧 날아오를 거뭇거뭇한 바위들에게, 이끼는
서서히 길을 나서는 행장의 깃털
큰물 지면
초록은 물속을 헤엄쳐 날아오르는 비상을 꿈꾸고
그늘 속 한 덩어리 정적을 달랜다

그제야 멀리서 꼬리 긴 새들 날아와
볕바른 마을로 가는 길이 있다고 지저귈 때,
찬란으로 드는 지도를 움켜쥐고도
그대, 어디서 길을 잃었나

>
아이들 땅 구르는 소리에 끌려 발이 묶이고
허기에 찬 겨울 고라니에게 이끼 뜯어 먹힐 때
이끼는 바위에게
새의 목청을 길러 보자고
새의 날개를 달아 보자고
폭설에도 솜털 옷을 갈아입힌다

새들 날아간 저편
삭히고 삭힌 바위 무늬가 밤하늘에 번지는 엄동에도
물소리 섞어
바위에게 이끼 옷 지어 입히는 이가
저 계곡에 살고 있다

코로나 19

며칠째 손잡이를 놓친 듯 닫혀 있는 현관문
빨랫줄엔 한낮의 안개만 널려 있다

박새 떼 소란한 산수유나무 아랜
빨간 알약들이 널브러져 있다
한 알 주워 먹으면 날개가 돋을 것 같은

우울의 팔뚝에 꽂힌 링거 같은 시간

새들이 흘리는 수다에 마당은 조금 보송해졌다
구겨진 약포지처럼 눈가 주름이 가득 잡힌 저들의 지저귐을
웃음이라 해석하는 사이
노란 가슴을 부풀린 박새들도 서로 좋은 자리를 나눠 앉는다

겨울 정원의 처방전은
봄날 같은 햇볕 한 바닥이다

창밖의 명랑은 주워 담을 수 있는 것일까
내일이 오늘을 이해해 주길 바랄수록
숲속으로만 빨려 드는 나의 암울한 시선

하루에 저 수다 한 움큼씩 입 속에 털어 넣으면
우는 것과 웃는 것의 경계가 붕대처럼 풀리고
맨살의 햇볕처럼 환해질 수 있을까

명랑해진 우울을 조증이라고 해석하던 이의
이름을 잊어도 되겠다

산골 별서

고요를 모아 볼 요량이었다

낮에는 구절초 꽃잎을 따서 그늘에 널어 말리고
해 질 녘엔 들꽃들과 산새들과 한가로이 걸었다
옥수숫대도 이제 단산斷産을 했으니
물 한 모금 청하는 일 없겠고
뒤꼍 감나무 다홍빛 열매들도
소유권이 곧 까치들에게로 넘어가겠다

자다 일어나 괜히 창밖을 내다보는데
어둠이 희뿌연 몸짓으로 목덜미를 감싼다
수줍음 타듯, 어둠을 타는 나는
한나절 모은 고요도 적막도 별안간 낯설다
나를 찾아올 발걸음 소리에
오동잎 귀를 펄럭이며
쟁반에 홍시를 쌓는다

월면에 먹물 자국 짙어지면 뒤란 대숲 바람 더욱 수런거린다
주인 없는 집 뒤란을 돌아보듯
새벽안개 스멀스멀 기웃대고

달빛에 바랜 구절초 꽃잎도 흰 빨래처럼 휘휘하다

안개 낀 늦가을
산촌의 팔뚝에 소름이 돋듯
붉은 국화 꽃잎에도 얼음꽃이 피었다

산 꿩들은 왜 말문이 막혔을까
짐승의 목소리라도 한 가닥 와 줬으면

나무 화석
—석탄박물관에서

시간은 파낼수록 검다
기록되지 못한 화석의 역사는 더 검다

쇼윈도 안 나무 화석들이
45억 년 매몰에서 나와 밭은 숨을 몰아쉬고 있다

그날의 지표면은 금기된 누명을 삼켰을까

나무가 지하 천 미터 아래에서
타 버린 제 가슴을 열었다
심장을 꺼내 쪼아 낸 화석에서
원시림 타는 불길 냄새 퀴퀴하다

화석의 심장박동 소리가
동심원 밖으로 두근거릴 때
공룡의 피 끓는 냄새 비릿하고 포효 소리 들리는 듯하다
검붉은 연기 태양을 가리고
젖었던 지구가 환생하는 소리 이명처럼 웅웅거린다

지금 광맥의 발치에는

푸른 이끼 사이로 달개비꽃 패랭이꽃 번지고
심장을 잃은 퀭한 광맥에서도
맑은 물이 흐르는데

광부의 땀방울에 박물관 벽화가 눅눅해질 듯하다
나무 화석 발굴하는 곡괭이 소리
내 귓속을 후비고
그날 요양 병원 복도를 쩡쩡 울리던 밭은 기침 소리가
내 폐부를 찌른다

스틸 라이프

옷걸이에 걸어 둔 모자가 뚝 떨어지고
시폰 블라우스가 스르륵 흘러내린다
펼쳐 놓은 장자莊子가 여러 장씩 넘어간다

입술을 오므리고 빈 병을 부는 듯한 목소리

당신은 누구신가요
당신은 대체 어떤 철학을 갖고 있나요
버드나무 머리채를 쭈뼛하게 하는 건가요
미루나무 허리를 단박에 분지르는 것인가요
벼랑 끝의 소나무처럼 타협을 거부하나요

나의 철학은 정독이죠
꼼꼼하게 씹어 삼켜요
그렇다고 단어들이 비스킷처럼 바삭거리지는 않아요

왜 자꾸 들추시죠?
그만큼 당신은 나를 엿보고 있나요
나를 엿보면 당신은 내가 될 수 있나요
그러나 나는 어제의 책들과 이별하고

몇 권의 철학, 시집들과 더불어 살아요

이런 내게 화나셨나요
프린터에 넣어 둔 A4 용지들은 왜 흩어 버리죠?
당신은 내게 무얼 재촉하나요

내 정지된 삶에서 나의 쓸모라도 발견했나요?

일이 밀려 있는데
시계가 자꾸 댕댕거려요
어느새 정오가 되었나요
시침이 꿈꾸면 분침이 그림자를 구겨 넣어요
이런 때 당신이 귀찮아져요

방문을 꽝 닫아 주는 당신

돌담이 바람을 순하게 할 때

돌담은 바람의 길을 막지 않는다

틈새 바람에 무잎 파도가 잔잔해지고
이 섬의 조상이었을 돌덩이들
어깨 겯고 둘러앉아 남새밭을 지킨다
바다로 나갔다 돌아오지 않는 남정네 대신
텅 빈 담장 안을 다독였던

숭숭 뚫린 현무암 구멍들은
바람이 수소문한
웅숭깊게 들끓었던 마그마의 시간이다

바람이 테트라포드에 수없이 바닷물을 끼얹고 나면
파도도 숨비 소리를 내며 순해지고
물결도 차르르 주름을 편다

성난 질주와 역마살
무모한 시비에 앉을깨를 내주듯
돌담이 바람을 순하게 할 때

\>

바람이 밭일과 물질의 시간을 한나절씩 쪼개 주면
허리 꺾은 한숨이 이랑을 흔들고
바닷속 바위 고랑에는
갓물질* 나온 테왁과 망사리, 눈**들이 자맥질을 한다

담벼락 틈새 분홍 메꽃 한 송이
먼바다로부터 한 사람이 돌아올까
가느다란 목을 뽑아 골목 끝을 내다보고 있다

* 갓물질: 물이 깊지 않은 해안가에서 하는 물질.
** 눈: 물안경의 제주도 방언.

대추나무 도장

정오의 번개가 구름을 쪼갭니다

서랍 속 도장은 마른하늘 날벼락을 떠올릴까요
대추나무 지문에는
아버지 어금니 자국이 배어 있어요

젊은 아버지는
붉은 세로줄 문서에 코끼리 이빨이나 물소 뿔 도장을 찍
기도 했어요
때로는 길상체로, 어느 날은 성공인체로

그때까지 대추나무는, 초속 삼십 킬로미터 싹쓸바람에도
중심을 잡고
폭염을 이고 함박눈도 즐겁게 받아 안았어요
나무의 내력은 기상 변화에 따라 깊어지니까요

지나친 믿음은 불신을 혐오하죠
친절한 집사님이 아버지 몰래 출금표에 직인을 찍었습니다
도장은 집과 세간을 내어 주고도 인주는 달동네로 번져 갔
어요

나는 벽을 보고 돌아앉아
대책도 없이 연필심만 분질러 댔는데
그게 대책 없다는 걸 알았을 때
인주 묻은 달은 내 방 신문지 창을 뚫고 들어오곤 했어요
저 붉은 보름달은 누가 몰래 찍은 도장일까요

아버지는 평생 가슴에다 도장을 팠습니다

진검이 혼신을 다한 대장장이를 베지 않듯
여기저기 수소문해 구한 벽조목 한 조각
거기에 새긴 아버지 이름은 누대의 격문檄文이 될 것입니다
나는 지문에다 인주를 바르지 않기로 해요
손끝으론 고추장도 찍어 먹지 않습니다

가슴이 움푹 팬 아버지의 도장이
아직도 코끼리를 메고 걸어가고 있습니다

성묘

꽃을 피우겠다고
엄동설한에 어머니를 땅에 심었다

어머니는 영원히 꽃 피워야 마땅하다고 그날, 내가 울었
을 때,
막내야, 영원은 믿음 가운데도 있는 거란다
다비茶毘야말로 완전한 영원일 거야

나는 큰언니를 이겨 먹은 기쁨으로 잔디를 심었다

하얀 겨울과 촉촉한 봄이 가고 여름은 자주 젖었다
핑계를 늘이며 가꾸지 못한 사이
어머니는 엉겅퀴꽃으로 피어났으나
갈풀 속에 묻혀 잘 보이지 않는다

당신의 내용은 왜 쪼갤수록 커지는 걸까

지난봄 서너 평 돌밭을 주말농장으로 일구다가
평생 돌멩이 채굴을 즐기던 당신을 만났다

>
키 큰 나무는 멀리서 보아야 다 보인다, 는 말 믿었을까
무작정 멀리 떠나 사는 청맹과니 한 마리가

근동에서 가장 수줍게 핀 풀꽃 곁에
사랑부전나비처럼 잠시 앉았다 돌아 나온다

천칭

하지 무렵 바닷가
지는 해와 둥근 달이 마주 떠 있다

석류꽃보다 붉은 하늘의 두 눈동자를 향해
양팔 벌려 손바닥을 펴면
이쪽과 저쪽의 경계에 두 개의 둥그런 추가 얹힌다
하늘은 곧 한쪽 눈을 감을 것이므로 기우는 쪽이 저물녘이다

멀리 범선 한 척, 나보다 먼저 두 추의 무게를 달고 있다

아직은 낮
미처 밤

그대가 기다리면 내가 일찍 다가가고
내가 서두르면 그대가 더 머무르는 여운
낮과 밤이 두 팔의 저울대 끝에서 스스럼없이 웃고 있다

하늘 미간에 포용이 넘친다
점점 천칭이 되어 가는 내가, 순해진 내가
동쪽 하늘 코발트빛과 서쪽 하늘 다홍 빛깔을

한번 더 달아 보는 것이다

그때는 남아야 하는 눈시울이 더 붉었지만
지금은 떠나야 하는 눈시울이 더 붉다

두 눈동자가 하나의 눈금에 매여 있는 저물녘
오늘 나는 어느 쪽으로도 치우치지 않는 순한 어른이 되었다

다가가는 삶

방승호(문학평론가)

1

　　박정인의 시를 읽다 보면 우리는 누군가를 향해 걸어가고 있는 자신을 발견하게 된다. 기억 속에 남겨진 공간, 그곳에 새겨져 있는 존재들을 우리는 하나, 둘 마주치게 될 것이다. 이는 흘러가는 시간의 근원으로 그의 언어가 향해 있는 까닭이다. 물론 모든 것은 망각될 것이다. 우리가 숨 쉬고 있는 이 순간에도 모든 존재는 조금씩 소멸하고 있다. 마치 밤하늘을 수놓은 별이 조금씩 빛을 발해 가는 것처럼, 기억 아득한 곳의 흔적은 우리도 모르게 그 자취를 감춰 간다. 그런데 이 현상은 불가항력적인 것이어서, 주체의 의지로 좀처럼 막을 수 없을 터이다. 특히 기억의 사라짐을 버텨 내는 일은 질서의 중력을 거스르는 일이므로, 이것은 현실을 긍정하는 움직임보다 더 많은 에너지가 소진되기 마련이다. 그러나 박정인의 시는 영혼의 부서짐을 무릅쓰고서라도, 기어코 그 사라짐의 근원을 향해 나아가는 것처럼 보인다. 시인은 어떠한 이유로 그곳을 바라보려는 것일까.

　모리스 블랑쇼는 『저 너머로의 발걸음』(그린비, 2019)에서, 작가로서 살아가는 행위에 대해 자신에게 주어졌던 시간을 그 바닥까지 여는 행위라고 말한다. 다시 말해, 언어를 다루는 자가 존재하는 이유는 자신이 체험한 시간을 영원히 쓰기 위함이라는 설명이다. 그래서일까. 박정인의 『마침내 사랑이라는 말』에도 이러한 결을 지닌 시들이 자주 발견된다. 그런데 그가 체험했던 그 기억 속의 시간을 열어젖히면 우리는 제일 먼저 그와 함께했던 존재들에게 드리운 아픔과 마주하게 된다. 현재와 과거의 격차가 만들어 낸 시간의 그림자 속에는, 사라져 간 존재와 함께했던 흔적들로 가득하다. 풍비박산된 아버지의 거실에 대한 기억(「노란 민들레」), 수술대에 올랐던 오빠의 모습(「보디랭귀지」)과 같은, 아직 기억 속에 사라지지 않은 내밀한 슬픔의 방향으로 박정인의 시는 기울어져 있다. "해가 지는 쪽을 향해 날아가는"(「시차여행」) 각도로.

　　초원의 야생마인 족장의 딸처럼
　　낮달을 방울처럼 말꼬리에 매단 채 채찍을 휘두르며
　　생의 문지방을 넘어 보려 합니다
　　갈기보다 검은 머리칼을 휘날리며
　　당신의 먼 안부를 좇아 말머리를 돌려도 봅니다
　　　　　　　　　　　　　　—「말채나무가 있는 밤」 부분

　　선산으로 가는 길이 쉬지 않고 하얗다

…(중략)…

선산 아래 오빠가 흩뿌려져 있었으므로
산벚나무 하얀 손사래는 언뜻 보아도 눈에 익었다
　　　　　　　　　　　　　　　—「벚나무 조문」 부분

　박정인 시인이 시를 쓰는 일은, 누군가의 안부를 궁금해하
며 그를 향해 말을 건네는 것에서 시작된다. 마치 "초원의 야
생마인 족장의 딸"이 아버지의 "먼 안부를 좇아 말머리를 돌
려" 보는 것처럼 말이다. 안부를 묻는다는 것은 다른 이에게
관심을 표하는 일이나, 함께할 수 없는 이에게 말을 건네는
일은 때로 힘겹기도 하다. 그러나 박정인의 언어는 늘 현재
보다는 과거를, 함께하는 이보다는 함께할 수 없는 이를 향
하고 있다. "선산 아래 오빠가 흩뿌려져 있었으므로", "생의
문지방을 넘어 보려 합니다"라는 거듭된 시인의 고백에서 느
껴지듯이, 그의 시는 상징계의 질서를 거스르더라도 늘 타자
가 있는 방향으로 움직이려는 것이다. 함께할 수 없는 존재
를 향한 발걸음. 이는 일상의 온전한 삶에서 멀어지는 일임
에는 분명하지만, 시인의 언어는 그 불온하게만 보이는 그곳
을 향해 음각되어 있다. 그렇다면 왜 시인은 상처를 들춰내면
서도, 지금 함께하지 못하는 존재들의 방향으로 말을 건네려
하는 것일까. 어쩌면 시인은 계속 말을 건네는 행위로, 오히
려 무엇인가를 계속 기다리고 있는 것은 아닐까.
　「기다리는 시간」에서 시인은 자신의 기다림을 두고 "자폐
증을 앓으며 조금씩 물컹거린다"라고 고백한 뒤, 이어 "나의

지금은 쓸쓸한 과거로 내몰리고 있"다고 말한다. 이처럼 시인이 기다리는 행위는 누군가 다가올 미래의 사건을 예비하는 것이 아니라, 반대로 자신의 지금 시간이 과거로 향하는 사태를 수반한다. 시인의 기다림은 현재에서 미래를 예기하기보다, 현재에서 과거로의 방향성을 가지는 셈이다. 이는 앞서 언급했듯이 기다림의 대상이 현재 존재하지 않기에 나타나는 증상이며, 그만큼 그 존재와의 만남이 어려움을 보여주는 것이기도 하다. 이러한 점에서 박정인 시인에게 기다림은 단지 고정된 사태를 나타내는 것이 아니다. 기다리는 시간. 이는 시인이 사유가 과거로 향해 움직이는 시간을 이르는 말이다. 영혼의 고통을 수반함으로써 만남을 기약하는, 시인의 발걸음이다.

2

'회상(Erinnerung)'의 형식이 서정의 본령을 나타냄은 익히 알려진 사실이지만, 시인이라고 해서 꼭 회상적 사유 방식을 취해야 하는 것은 아니다. 회상은 단순히 지나간 일을 떠올리는 행위일 수 있으나, 이것을 계속 반복하는 일은 현실의 질서를 거부함으로써 지속적인 어긋남을 일으키는 원인이 되기도 한다. 시인의 기다림이 때로는 위험하게 느껴지는 이유도 바로 여기에 있다. 더구나 박정인 시인이 취하는 회상은 단순히 과거를 떠올리는 것이 아닌, 끊임없이 "과거로 내몰리고 있"는 형식이라는 점에서 더 치명적이다.

"시간 쪼개지는 소리가 귓속을 후비고 있어"(「인섬니아」). 이러한 시인의 고백은 그의 삶 곳곳에 균열이 일어나고 있음을 보여 주는 증상이자, 그의 시가 상징계의 질서에 어긋나는 방향으로 이뤄지고 있음을 증명하는 말이다.

　　중력을 거부하는 것에는 필사의 발버둥이 있다

　　…(중략)…

　　중력이 순리라면 부력은 필사의 몸부림일까
　　공중 부양을 믿고 싶은 시간
　　　　　　　　　　　　—「중력을 거부하는 것들」 부분

　　해가 지는 쪽을 향해 날아가는 동안
　　어제가 반짝, 오늘이 됩니다
　　시차를 그러모아 아득하게 굴리면 중세의 수도원이 나를
　　기다려요
　　신들의 향연 같은 천장화 아래
　　카스트라토의 미성에 홀린 나를 상상합니다
　　　　　　　　　　　　　　—「시차 여행」 부분

　　시인이 슬픔의 방향으로 계속해서 시를 쓰는 이유는, 과거라는 고정된 시간의 것으로 그 슬픔이 박제되지 않기를 바라는 마음 때문일 것이다. 지난간 슬픔으로 잊히는 것이 아니라, 아직도 슬퍼할 수 있는 것으로서 지금도 마음을 떨리게 하는 이러한 사태를 시인은 만들고자 한다. 이러한 일은 당연하게도 "중력을 거부하는 것"으로부터 시작되는 일일 터이다. 현재와 과거가 만들어 내는 "시차를 그러모아 아득하게 굴리"는 과정을 거쳐야만 가능해지는 이 일은, 기어코 상징계의 경계를 뒤흔들어 "어제가 반짝, 오늘이" 되는 광경을 잠시나마 목격하게 한다. 시인의 사랑이란 이런 것이다. 과거의 슬픔을 그저 과거의 것으로만 놓이게 하지 않고, 지금도 그 슬픔을 마음껏 슬퍼할 수 있는, 그런 사랑이다.

이러한 점에서 시인의 잇닿은 기다림으로 펼쳐지는 회상의 형식은 시인이 시를 쓰게 하는 방법론이자 삶을 이어 가게 하는 원동력이기도 하다. 계속해서 함께할 수 없는 존재에게 말을 건네는 것 역시 흘러간 시간을 언어화하려는 자신의 삶을 인정하지 않고는 불가능한 일이다. 이렇듯 시인은 슬픔의 사라짐을 막기 위해, 시간의 질서를 거스르며 스스로의 영혼을 슬픔의 근원으로 내몰고 있었는지도 모른다. 슬픔을 위해 지금도 충분히 슬퍼하는 일. 그것이 시인에게는 사랑이기에, 박정인 시의 기다림은 주체에 의한 적극적인 움직임으로 우리에게 다가오는 것이다.

　　빈집은 왜 자꾸 부스럭대는지 자주 오해를 받습니다

　　가만히 서 있기만 하는데
　　누굴 기다리는 거냐고 바람이 자꾸 들춥니다.

　　부스럭, 은 빈집만의 의성어
　　저 혼자만의 발음이지만 사실은 빈집의 숨결입니다
　　　　　　　　　　　　　　　　　　　—「빈집」부분

기다리는 자에게 '서 있다'라는 행위는 살아 있는 주체의 적극적인 사태를 가리킨다. 단지 '있다'라는 표현으로 규정할 수 없는, 그러한 변화와 가능성들이 '서 있다'라는 행위에 담겨 있다. 기다림은 오지 않은 존재가 도착할 것을 기대하는 말이지만, 한편으로는 그 존재가 도착할 수 없음을 알면서도 계속 슬퍼하려는 마음을 이르는 말이기도 하다. 이러한 기다림을 위해 시인은 모두가 떠나고 홀로 남겨진 '빈집'처럼, 지금 우리 앞에 서 있다. 슬픔으로 가득했던 시간이 흐르고 모든 것이 비워진 지금이지만, 또다시 그 시간을 회상하며 살아가는 일. 이러한 '빈집'의 마음으로 시를 쓰고 있다면, "부스럭"이라는 표현은 단지 "빈집만의 의성어"에 지나는 것이 아닐 것이다. 이는 시인이 시를 쓰는 움직임에서 기인하는 소리처럼 들리기도 하기 때문이다.

　"나도 한없이 너이고 싶었다"(「기다리는 시간」)라는 시인의 고백처럼, 박정인의 시는 언제나 지금 함께할 수 없어 보이는, 타자를 향한다. 타자를 향한 기다림은 「빈집」에서 "숨결"로 비유되는, 박정인 시인에게 생의 목적을 이르는 말이다. 이러한 기다림이 결국 타자와의 기억과 그 속에 내재된 슬픔을 또다시 재생시킬지라도, 시인은 타자의 그림자를 자신의 안에 들이는 일을 마다하지 않는다. 시인이 정작 힘들어하는 것은 이러한 기억이 사라지는 망각이므로, 그는 "매일 달려도 제자리인 열차"(「수직 열차」)처럼 오늘도 당신을 향해 기다리는 일을 멈추지 않을 것이다.

3

"당신을 내 안에 들이고도/ 십 년을 찾아 헤맸다"(「시인의
말」)라는 시인의 고백에서, 우리는 타자를 향한 시인의 시간
이 꽤 오래되었음을 짐작할 수 있다. 십 년이라는 시간. 이
는 앞서 언급한 것처럼, 시인이 "당신"이라는 존재에 닿기 위
해 걸렸던 기다림의 시간을 의미하기도 하지만, 자신과 함께
했던 이를 완전한 슬픔으로 애도하는 데에 필요한 시간을 의
미하는 것이기도 하다. 이렇듯 누군가에 대한 기억과 슬픔
을, 슬픔으로 온전하게 애도하는 데에는 많은 시간이 소요
된다. 당연하게도 이 과정은 영혼의 찢어짐을 수반하는 것일
뿐더러, 그 존재에게 드리워 있던 고통의 시간을 오로지 자
신의 것으로 사유하는 과정을 필요로 하기 때문이다. 그런
데 이러한 증상들이 박정인의 시 속에 계속해서 출현하는 이
유는, 오로지 시인의 의지에 의한 것만은 아닌 듯해 보인다.
"어디에서나 거침없이 튀어나오는 문장들을 보"(「나의 작은 도
서관」)게 된다는 시인의 고백에서 드러나듯이, 그의 시는 주체
의 의지로 막을 수 없는, "흰 공책 위를 종횡무진 써 나"(「말채
나무가 있는 밤」)가는 언어의 움직임과 함께 만들어 낸 결과물처
럼 느껴지기 때문이다.

「그해」에서 박정인은 "매일 남의 다리로 걸어 다니는 것 같
았다"고 말하며, 시인으로서의 삶을 불구적인 것으로 비유하
고는 한다. 그런데 일반적인 삶을 살아가는 사람에게 다리란
육체적인 것을 의미하지만, 시인에게 이는 조금 다른 차원의
것을 지시하는 기표로 쓰이기 마련이다. 시를 쓰는 자에게

'다리'란, 시인이라는 존재를 움직이게 하는 것과 다름없는, 그 언어를 가리키기 때문이다. 이러한 점에서 다른 사람의 다리로 걷는 것만 같다는 시인의 말은, 단지 다른 이를 향한 삶의 어려움을 에둘러 표현하는 문장이 아니다. 이는 자신의 시가 일상의 말이 아닌 타자의 언어로 이뤄져 있음을 드러내는 것이자, 이렇게라도 시를 쓸 수밖에 없는 스스로의 삶을 가리키는 말이기도 하다. 이러한 까닭 때문일까. 시인의 삶에는 종종 일상의 말과는 다른, 타자의 언어와 마주하는 시간의 흔적들이 곳곳에 자리하고 있다.

　　보이지 않는 그림자를 바닥에 누이고 그대가 말없이 나의 행간을 참견하네요 창을 닫으면 가슴에 십자가를 새긴 새로운 그대가 밀려와요 바람과 안개와 비와 눈, 허공의 주민들과 소통해 온 그대는 나를 관통했나요 먼저 온 그대는 어디에 있나요

　　나는 그대를 우주의 소식이라 믿어요
　　　　　　　　　　　　　　　　　　　—「정오의 빛」 부분

　　거꾸로 꽂힌 책 땀에 전 책 지나치게 얇은 책 귀퉁이가 닳은 책…… 겹줄로 꽂힌 책들이 뛰어내릴 듯 으르렁거린다
　　　　　　　　　　　　　　　　　　—「나의 작은 도서관」 부분

타자의 언어란 일상의 말로는 온전하게 표현할 수 없는, 그러한 사태들을 위한 언어를 의미한다. 삶에 음각되어 있어도 차마 언어화할 수 없는, 그렇게 조금씩 기억에서 기화될

운명에 놓인 존재들을 위한 언어 말이다. 물론 이것은 상징계의 질서에서 벗어나 있기에, 이 언어는 종종 "행간을 참견하"거나 시인을 그대로 "관통하"는 움직임으로 시인의 삶을 어지럽게 하기도 한다. 그러나 시인이 이것을 마치 "우주의 소식이라 믿"는 이유는, 이 타자의 언어를 사용하는 일이 곧 타자를 온전히 받아들이는 일과 가까워지게 하기 때문이다. 이러한 이유로 시인의 "작은 도서관"에는 잘 정돈된 책보다 "뛰어내릴 듯 으르렁거"리는 무질서해 보이는 책들이 더 많이 발견된다. 그의 언어가 대답을 기약할 수 없는, 그 미지의 곳을 향하고 있는 것도 바로 이러한 까닭 때문일 것이다. 그렇다면 박정인의 시가 지금은 함께할 수 없는, 그렇게 사라져 가는 존재의 근원에 닿아 가는 것은 단지, 시인의 의지만으로 이뤄진 것은 아니겠다. 그의 시는 때로 존재의 근원으로 움직이려는 타자의 언어와 함께 쓰이기에, 시인의 마음은 사라져 가는 존재들을 향해 있던 것일 수도 있다.

박정인의 시가 과거와 현재의 경계를 끊임없이 오고 가는 것은, 시인이 시를 쓰고 시가 시인을 이끌어 가는 행위가 동시에 일어난다는 사실을 일러 주는 증상이다. 시는 시인의 회상으로 인해 시작되지만, 그것이 기표가 되어 쓰이는 일은 언어 그 자체의 움직임과 함께하기 때문이다. 이러한 까닭으로 시인은 늘 언어가 움직이는 곳을 바라보고 이를 포착하는 것에 부지런하다. 바꿔 말하면, 시인은 언어의 갑작스러운 방문에 늘 열려 있는 사람이라 할 수 있겠다. 이러한 방문의 순간을 박정인은 「육필」에서 "비와 비 사이"로 이르고 있고, 「가을의 유산」에서는 "싸릿대가 제 물든 겉옷을 털어 부은 발등을 가리는 저녁 무렵"이라고 말하고 있다. 시간의 틈. 이곳은 박정인 시에서 과거와 현재의 사이를 가리키며, 타자의 언어가 움직이기 시작하는 공간을 이르는 말이다. 시인이 멈춰 기다리는 이 자리에서 시간의 열림이 일어나고 그 열린 틈으로 언어는 생동하기 시작한다. 시인은 이 순간을 놓치지 않고 "내 발음의 뼈에 살을 바른다"(『세 가닥 선을 위한 변주』). 이렇게 타자의 언어와 함께하고, 이를 시로 더듬어 보는 일. 이러한 움직임과 함께 박정인의 시는 조금씩 새로운 각도로 나아가기 시작한다. "우주의 소식"이 기다리는 시간으로.

4

딸깍, 우주의 전등 끄는 소리를 들었다
검은 천공天空에
달 화성 금성이 일렬로 모인 저녁
이렇게 한자리 모이기까지 십삼 년이 걸렸다는 말
우주에겐 겨우 밥 한 끼 먹을 시간이다

초승달은 수줍고 별들의 눈초리는 매섭다
금성은 평생 홀몸이어서 샛별이라 불리지만
화성엔 딸린 별이 둘씩이나 된다는데
이름이 무엇인지
나이는 몇 살인지
제일 궁금한 인공위성이 가장 많이 깜빡거린다

먼 별들의 쇼
역마살을 꼬리뼈에 감춘 채
제 몸무게로 꼼짝없이 내려서는 일
거기 먹지 같은 세상이 있다고
어둠을 반짝반짝 닦아 내는 일
저 광활한 쇼의 진짜 관람객은 은하수다
저들의 반짝임은 천재들의 시편이다

스포트라이트 조명처럼
별똥별들이 사선을 긋고 있다
저 빗금들은 나를 부르는 초대장이 아니다
저들에게 나는 한낱 외계의 눈빛

밤의 식당에서
은빛 젓가락을 쥐면
성운星雲에도 궤도가 열리고
나도 별들의 손님이 될 수 있을까

적막을 엿보며
새들은 더 가까이 별들을 보러 간다
　　　　　　　　　—「나랑 별 보러 가지 않을래?」 전문

　기다림을 통해 마주하는 순간은 일상적 세계의 경계를 허
무는 움직임을 보인다. "달 화성 금성이 일렬로 모인 저녁"처
럼 그동안 보이지 않던 것이 눈에 들어오고, 사소한 것이 중
심이 되어 모이는 일들이 일어나기 시작한다. 이렇듯 질서를

흔드는 움직임은 새로운 존재들이 아닌, 언제나 있었지만 어둠에 가려 소외되었던 존재들로 인해 만들어진다. 타자의 언어. 이것은 위 시에서 '별'로 비유되는 존재이지만, 이것이 의미 있는 이유는 단지 '빛'을 발산하기 때문만은 아니다. 이것은 "어둠을 반짝반짝 닦아 내는 일"로 과거의 슬픔을 과거 속에 갇혀 있게 하지 않고, 슬픔의 가능성을 열어 모든 존재로 하여금 미래로 향하게 하기에 더 유의미하다. 그렇다면 우리는 "성운星雲에도 궤도가 열리고/ 나도 별들의 손님이 될 수 있을까"라는 질문에 앞서, 먼저 이렇게 말을 건넬 수도 있겠다. "나랑 별 보러 가지 않을래?"라고.

별들의 반짝임처럼, 시인의 기다림에 응답하는 것은 언어이다. 이러한 점에서 "저들의 반짝임은 천재들의 시편이다"라는 시인의 고백은 옳게 느껴진다. 슬픔을 고정된 슬픔으로 얽매게 하는 이성적 노력은 결코 성공할 수 없다. 슬픔을 박제하지 않고 슬픔을 슬픔으로 흘러가게 하는 시인의 기다림만이, 기어코 상징계에 균열을 일으킬 수 있다. 저물녘. 시인은 지금 "글이 써지지 않는 밤"을 바라보며, "종이에 빼곡히 별을 그리"(「별자리를 채굴하다」)고 있다. 이는 슬픔의 실질을 박탈하지 않으려는 시인의 사랑이다. 타자의 언어를 더듬어 가는 시인의 열정, 그리고 기다림이 있기에 우리는 이제 누군가의 슬픔에도 마음껏 슬퍼할 수 있는 마음을 가지게 되었다. 그렇게 슬퍼함으로 너와 내가 가까워지게 될 것이다. 그별빛의 방향으로, 우리는 기어코 만나게 될 것이다.